KB194485

생生의 한가운데 서서

생生의 한가운데 서서

발행일 2025년 3월 5일

지은이 전영준
펴낸이 백대현
펴낸곳 도서출판 정기획(Since 1996)
출판등록 2010년 8월 25일(제2010-000003호)
주소 경기도 시흥시 서촌상가4길 14
전화번호 (031)498-8085, 010-2310-8085
팩스번호 (031)498-8084
이메일 cad96@naver.com

ISBN 979-11-93579-09-1 03810 (종이책) 979-11-93579-13-8 05810 (전자책)

전영준의 시와 수필

생生의 한가운데 서서

정기획

추천사

『생(生)의 한가운데 서서』 출간을 진심으로 축하합니다

전영준 시인은 오래전부터 글을 통해 만남을 이어왔던 분입니다. 참 부지런하고 성실하신 분입니다. 성격도 호탕해서 어떤 자리든 그 자리를 빛내주는 귀한 분이기도 합니다. 이미 1집 『소래산(蘇萊山)』, 2집 『백상(白想)』 시집을 통해 시인의 글에 감동받았기 때문에 3집 준비한다는 말을 듣고 기대하고 있었습니다.

어느 날, 전 시인이 찾아왔습니다. 차 한 잔을 앞에 두고 세상, 문학, 신앙 등 다양한 주제로 이야기를 나누었습니다. 그러던 중, 추천사를 써 달라고 했습니다. 시인의 청에 기쁘고 영광스러웠습니다.

세 번째 작품인 『생(生)의 한가운데 서서』란 책 제목의 원고를 보면서 시인의 시는 여전히 마음을 편하게

해 주었습니다. 이번 작품엔 수필도 몇 편을 실었다고 알고 있었던 터라 자연스럽게 수필 쪽으로 손이 갔습니다. 수필을 읽으면서 시인의 따뜻함과 감수성을 느낄 수 있었습니다. 평범한 일상에서 기쁨을 찾고 감사함을 잊지 않는 순수함도 봤습니다. 어릴 적 동무들과 나누었던 소소한 이야기를 짧게 언급한 내용을 읽으면서 저 자신도 옛 생각에 빠지기도 했습니다. 삶의 큰 영향을 준 부모님의 이야기를 읽을 때는 저도 모르게 눈에 눈물이 고이기도 했습니다. 나이가 아무리 많다고 해도 부모를 생각하면 누구나 공감할 수 있는 내용이라 그런 것 같습니다. 그리고 시인이 살던 그 고향의 향기가 짙게 배인 주옥같은 글들을 읽으면서 지금 사는 마을을 다시 한번 생각해 보는 시간도 가졌습니다. 운문으로만 만났던 시인이 산문 형식의 글에도 재주가 있다는 것을 알고 부러움까지 생겼습니다.

글이란, 인간의 지친 삶을 치유하는 힘이 있는 것 같습니다. 전영준 작가의 시와 수필을 보면서 확신하게 됩니다. 때론 사막을 걷는 사람일지라도 문학과 함께 한다면 스스로 오아시스를 발견할 수 있다고 생각했습니다. 그렇습니다. 세상이 쏜살처럼 빠르게 지나서 가끔 적응하기가 힘이 들 땐 잠시 걸음을 멈추고 이 책을 읽으며 먼 하늘을 바라보면 좋겠다고 생각했습니다. 때론 빠름보다 느림이 인생을 더 풍요롭게 할 수 있다고도 생각했습니다. 전 시인, 아니 전 작가는 느림을 통해 떠오른 영감을 글로 남겨 타인의 영혼과 삶에 윤활유 같은 글을 제공하는 낭만의 작가라는 것을 봤습니다.

책은 생각의 범위를 넓혀주고 우리에게 많은 것을 얻게 해 줍니다. 세계 최고 부자인 워렌 버핏도 하루에 10시간 이상을 책을 읽고 95세인 나이에도 책을 만나는 것이 가장 중요한 하루 일정 중 하나라고 말했습니다. 즉 책을 읽는다는 것은 작가의 귀한 시간과 경험을 만나면서 나 자신에게도 많은 꺼리를 제공해 줍니다.

전 작가의 『생(生)의 한가운데 서서』에 담겨 있는 글은 그 꺼리가 폭포수처럼 다가옵니다. 이는 전 작가와 좋은 친구가 되는 기회이기도 합니다. 또 작가의 시와 수필을 읽으면서, 타인과 배려와 감사로 소통해야겠다는 따뜻한 마음도 배웠습니다. 이 책을 손에 쥔 여러분도 저와 같은 마음이었으면 좋겠습니다.

다시 한번 전 작가의 세 번째 작품 출간을 진심으로 응원합니다.

감사합니다.

(사)한국문인협회 (전)시흥지부장

이희교

추천사

모두에게 위로와 공감이 되길

벌거벗은 겨울 감나무가 부끄럽지 않게 몇 개의 감을 따지 않고 매달아 놓은 게 따뜻함을 느끼게 합니다. 세상을 아름답게 꾸미는 것은 상식을 벗어난 정치인이나 영웅은 아닌 것 같습니다

주어진 소소한 일상을 주변 사람과 나누고 같이 웃는 사람, 가까운 사람을 웃게 하려고 기꺼이 광대 노릇을 즐기는 사람, 그러면서도 인간다운 실수로 때로는 좌충우돌하며 성장해 가는, 멋스럽게 나이 들어가려고 애쓰는 몸짓, 키가 크고 목소리 큰 한 남자의 모습을 지켜봅니다.

시흥에서 나고 자라 시흥의 토박이인 그 남자는 밤사이 소래산이 안녕한지 문안 인사를 갑니다. 고봉밥

을 먹어야 에너지를 보충하는 열정으로 시홍 바닥을 점검하고 필요한 곳에 기름칠을 합니다. 오랫동안 가까이에서 지켜본 전영준 시인입니다. 그가 장로의 직분을 받으면서 장로에 걸맞게 신앙생활에 충실해지려 노력하는 모습을 봅니다. 나이 들어간다는 것이 쇠퇴하는 게 아니라 성숙해지는 과정임을 봅니다.

그동안 내면을 발효시켜 키워온 시와 수필을 책으로 내놓은 전영준 시인의 『생(生)의 한가운데 서서』가 모든 사람의 상처 난 마음을 위로하고 독자의 삶에 공감과 행복을 동시에 전해 주리라 믿습니다.

거듭 출간을 축하합니다.

시집 『배낭에 꽃씨를』, 『비껴간 인연』,
여행기 『길에서 만난 세계사 1. 2. 3』 외 다수
작가 이지선

작가의 말

생(生)의 한가운데 서서

모태의 터널 속에서
환한 그 빛 아래
하이얀 한 줄기
가슴 따뜻함을 느끼며

속세의 나그네 길가에
어두운 그늘 아래
모옥 마른 쓰라림
밭 가운데 차디찬 샘터

생의 한가운데 서서
상처에 울지 않은 영혼이
어디 있으랴마는
나의 소중한 만남은?

깜빡 눈을 떠보니 인생 한가운데 망망한 바다 한가운데 있는 듯 지난 것을 그리워하는 것은 미련이 있어서 그렇다고 합니다. 앞날의 걱정이 되는 것은 불안해서 그런 거라고 어느 철학자가 말했습니다.

지금 건강하다면 평안한 것이고, 할 일이 있으면 평화로운 것이며 걸을 수 있으니 평강한 것입니다.

내가 조금 부족하면 어때요. 살아 있으면 감사함으로 사는 거지요. 어느 날 갑자기 하늘이 부를지 모르지만 두려워할 것 없이 그저 편안한 마음으로 기다리면서 나를 위하여 오늘 하루를 건강하고 즐겁게 사는데 바치는 게 좋지 않을까요?

그동안 열심히 맡은 바 일 하면서 잘 살아오셨어요? 그렇다면 이젠 놀아요. 어릴 땐 아침부터 자치기, 구슬치기, 비석치기, 딱지치기 등 하다가 저녁 해질 때 되면 땅따먹기하며 친구들과 놀다가 어머니가 부르면 모든 것 내팽개치고 각자의 집으로 돌아갔던 것처럼, 인생은 소풍 왔다가 잘 놀고 돌아가는 게 아닐까요. 어느 시인의 시처럼 말입니다.

굴뚝에서 연기 나는 집으로 저녁밥과 된장국 냄새 나는 밥상으로 간다.

그리고 살며시 다시 동네 아이들이 모이는 곳으로

이제부터 시작이다. 전쟁놀이 칼싸움, 총싸움으로 적과 아군으로 변하여

변장을 하면서 대결하고 승패를 가리고는 모두 함께 보름달 아래 웃는다.

밤 12시, 서씨 아저씨네 집으로 우르르 몰려가서 제사떡을 나누어주는

줄을 길게 서면 시루떡 한 장씩 나누어 주면 환한 미소를 지으며

집으로 아빠 엄마와 맛있게 먹었던 옛날 추억이 새록새록 떠오르는

한가운데 서서…

가끔, 살아가는 것이 아닌 살아내야 하는 치열한 삶 속에 쫓기는 듯한 인생이 달콤한 꿀의 유혹 같아 정신을 놓을 때가 있습니다.

뜨거움을 알지만 성공이란 미명 하에 달려드는 부나방처럼, 달려들어도 타 버리던지 아니면 재가 되어 날아가던지 사는 건 지나고 나면 슬픔과 고통뿐인 것을 이해하게 됩니다.

지난 후에야 오늘의 무사함과 무탈함이 지극히 평범

한 일상이 최고의 행복인 것을 깨닫습니다.

옛 선조들의 배움에 대한 즐거움을 가르친 것처럼 배우고 익히는 게 그 어떤 것에 비교할 수 없는 큰 기쁨이고 그 배움을 일평생 하면서 세상사가 참 아름답다는 것을 직접 경험하게 됩니다.

조기축구회부터 사회인야구, 테니스, 산악회, 배드민턴클럽까지 비록 육신은 힘에 부쳐도 마음만은 스스로 이팔청춘이라 여기고 오늘은 파크골프에도 입문하면서 나는 아직도 젊다고 소리쳐 보기도 합니다.

어느 노랫말처럼, '우리는 늙어가는 것이 아니라 잘 익어가는 것이라고'. 물리적 나이는 중요하지 않다. 그저 매일 매일 배우는 배움 속에, 환희를 느끼며 익어가고 있으니 감사한 게 아닌가 라고…….

전영준

차례

시詩

수필隨筆

시 詩

생(生)의 한가운데 서서

모태의 터널 속에서
환한 그 빛 아래
하이얀 한 줄기
가슴 따뜻함을 느끼며

속세의 나그네 길가에
어두운 그늘 아래
모옥 마른 쓰라림
밭 가운데 차디찬 샘터

생의 한가운데 서서
상처에 울지 않은 영혼이
어디 있으랴마는
나의 소중한 만남은?

고해(苦海)

구름에 묻혀
터널은 낙석 되고
간절히 내리는 이슬

고갯마루에
벌렁 누워버린 신문지
오르고 내리는 말들

채우고 채우다
배 위에 뱃속에

귀는 들어도 잠자지 않음을
침묵 속에 말을 한다

바람 불면
다 부질없는 것을

고행(苦行)

한(限)은 폐부 깊숙이 구름에 묻혀 터널은 낙석 되고
허(虛)는 간절히 내리는 이슬에 젖어 복수의 무덤 되어
오르고 오르다 지팡이 고행길 고갯마루에서 헐떡이고
채우고 채우다 곳간은 간데없고 신문지 한 장 배 위에
눈으로 보아도 만족이 없고 귀는 들어도 차지 않음을
비와 바람의 나이테의 사연은 침묵 속에 묻어 두고서
하얀 서리 지고 창문은 희미해지며 맷돌 낡아질 때
오십견(五十肩)이 바람으로 다가선 뒤에 부질없는 것을
놓을 수 있음을

대리운전

세상으로 몰아세우는 너무 이른 나이
또다시 도로 위로 몸을 던진다
안테나 곤두세우고 소리가 날까 진동이 일까
조바심에 찬바람 휑하니 거리를 휘돌 때
울리는 목소리, 대리운전이요? 네! 네!
어디쯤일까 돌아보지만 벌써 하이에나는
흔들리는 몸뚱어리를 잡고 흐뭇해한다
얼룩 점박이 천막에 갈색 줄무늬 텐트 안에
눈을 부릅뜬 하이에나들이 가득하다
도시의 정글에 타들어 가는 목마름
목젖에 고인 피비린내가 역겹다

대장장이

머리를 쪼고
배를 두드리며
다리를 패도
불 속에서 다시 태어나는 생명
물속으로 빠져드는 증기 속에
대장장이 담금질 창조를 만든다

수백수천 번
쪼고
두드리며
패는 고집스러운 망치질에
불꽃 속에 잉태한 생명
물속으로 빠져든 순간
대장장이 담금질로 창조를 만든다

고독(孤獨)

어느 오솔길에 만난 소녀
짙은 화장 내음에
숲길을 걷다가 살며시
꿀벌이 된다

하얗게 피기도 전에
낯이 멍들어버린
너는,
흙먼지에 바랜
기나긴 기다림의 아픔

잠시 손에 넣어 보지만
여린 꽃술 하나
이슬비 내리는 숲속에서
그만,
소녀는 가냘픈 고독이 된다

골프

하이얀 딤플 나이키는
저 멀리 창공을 나른다
굳 샷!
외치는 동반자

노오란 빛 파란 잔디 위를
아이언 스텐을 들고
작은 원에 구슬치기하듯
그린 위에 겨우 올리면

한번은 홀인원!
두 번은 앨버트로스!
세 번의 버드는 성공이요
네 번의 파는 본전이다
다섯 번째 보기는
얼굴에 짜증으로 일그러지고

다시 시작하자 마음 다지며
인생의 페어웨이도
한 번의 실패를 좌절하지 말자고
기회는 바로 뒤에 따라와

열여덟 번의 스코어 카드에
언젠가는 하트를 그릴 수 있도록
십여 년 동안 힘을 빼야만 하는 드라이버

내 뒤에서 들리는 소리
마음을 비우고
천천히 라고 외치는 그라운드

공황

한동안 저를 잊고 지내다 보면
어느새 인가 자기를 기억시키려
온갖 신경을 제게 몰두시키지요

그리하여 우울하게도 하고
편안한 표정도 못 짓게 하고
어떤 다른 것도 하지 못하게 하는
아주 욕심 많은 공황이지요

그것과 만남을 한 지 꽤 오래되었고
이젠 극히 새로울 것도 또 왜 그게
내게 주기적으로 찾아오는지에 대한
의문이나 원망도 없어요

그저 내 것인양 늘 내 옆에 서성거리는
그 어떤 것이 되어버린 공황이라는 아이
나와 함께 가야 함을 제가 알지요

그 정도로 우린 오래되었고 꾸준하고
또 자기를 알리는데도 게을리하지 않아요
마치 오래된 친구처럼 잊으려고 애쓰면 어느새
옆에 와 있는 임처럼

어두운 밤 하얗게 지새워도
당신이 보내는 사랑의 몸짓에
꿈속에까지 찾아와 두드리면
고운 밤 뜬눈으로 밤을 지새운다

고엽

지나갈 때 소리 없이 울더니만

달려오니 소리 내어 엉엉 운다

가을비 등 두드리면 편히 잠드소서!

구인(求人)

어제는 구직(求職)이라는 팻말을 목에 걸고
비스듬히 지게에 기대어 앉아 있고

오늘은 가슴에 명함(名銜)을 달고
새벽시장을 누비며 고개를 숙인다

미세먼지의 흐림 속에
차창 밖 어제의 그림자로
오늘은 푸른 하늘을 꿈꾼다

그날

나는 노래하리라
세상에서 못다 한 사랑을 위하여

나는 춤을 추리라
미련으로 버리지 못한 情을 위하여

나는 울리라
인연의 아픈 상처를 보듬어 주시는 님을 위하여

그대

내가 잠든 시간에 자장가를 불러 주던 그대
나의 손목을 꼭 잡고 걸었던 따스하던 그대
얼굴이 보름달 같아 노란 볼이 예쁘던 그대

그대 얼굴에 상처가 심하게 나서 성형 수술했던 기억
손이 빠지고 다리를 다쳐 깁스했던 추억들
어느 날인가 신혼여행 갔다가 바닷물 속에 빠져
숨이 멎은 그대를 흔들어 깨우던 안타까웠던 시간

어느 날 그대의 심장이 멈춰 내 가슴은 타들어 가고
장인(匠人)의 손길을 통해 다시 심장은 뛰고 환한 미소
를 보며
이제는 닳고 무디어진 당신의 얼굴을 보고
이제는 헤어져야 할 시간이라고 고백해야지

다음에 다른 그대는 사각의 얼굴 시계를…

기다림

오늘 밤은 유난히 마음이 허하다
가슴까지 허하면 그가 기다려진다

언제부턴가 그의 목소리가
들리기 시작했다

창밖은 바람 불어와 추운데
오늘 밤에도 찾아오려나
귀를 기울여 본다

창문을 살포시 열고
어두운 골목을 응시하니
어둠 속에서 희미하게…

메밀묵이나 찹쌀떡~

끼

그녀의 호수 눈자위에 누가 돌을 던졌나
석양의 붉은 이파리 물결에 파르르 떨고

자그마한 둔덕 위로 부풀어 올라오면
거울 앞에서 일렁이는 상처 보니 서러움이

숲속의 호수는 고요히 안개를 풀어헤치고
물가에 모래 서로 부딪히며 파르르 떨면

가녀림만 물 위로 서서히 떠올라도
풀숲 아래 아침이슬 같다고 좋아하는 그대!

나침반

너의 손끝으로 해는 떠오르고
세상을 헤매어도 갈 수 있는 방향을
방황하던 사람들 희망의 길로
그대 앞에 서면 떨리는
거꾸로 돌려도 내 앞에 서 있는
역시 당신은 지조 있는 사람

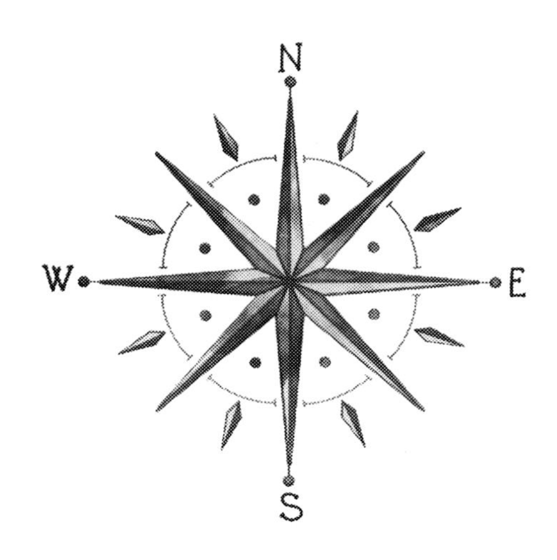

너는 왜 거기에

새해 첫날에 비는 마음
산에 오를 수 있는 건강을
허리 수술 앞에 두고
다시 못 오를 것 같다고
걱정하시는 아저씨

나의 건강은 산이라며
고혈압에도 좋고
당뇨병에도 좋다고 소문이나
내원사에서 마애불상까지
추우나 더우나 오시는 아줌마

힘들 때 산에 오르면
새와 나무들과 시냇물까지
산들바람 힘을 주면
아무리 숨이 차도
너와 닿으면 살 만하다고

너의 반쪽

오늘도 배고픈 반쪽의 의욕
살아온 날보다 살아갈 날이 적지만
그래도 가슴에 배움을 채우려고
삼백육십오일 베갯잇 물리며
돋보기 넘어 보이는 글자들과의 다툼
내려앉는 눈꺼풀 일으키며 흑심을 가다듬는다
머리를 채우기 위해 떠나기 전
설거지통에 잠수해 있는 숟가락과 접시 하나
물끄러미 바라보며 미소 짓는 너의 반쪽!

눈물

어머니의 가슴 새색시 때는
보름달만 하더이다
자식에게 젖 물리며
북두칠성의 귀한 꿈의 별
심어 주시던 어머니!

초승달 된 쓰라린 가슴 안고
이제 바랄 것도 빌 것도 없지만
자식 위해 두 눈 희미해져도
정안수의 떠 있는 달이 커지도록
빌고 비는 어두운 어머니의 마음!

먼 훗날 안아보니
주름만 가득한 얼굴에서
눈물만 강 되어 흐른다

계단

산과 논이 처마 끝자락에
어우러진 양지마루
솔잎 향은 연기되어 오를 제
힘찬 기지개 열고
담 넘고 사잇길을 뛰어 길섶에 눕는다

가오리 날아가는 드높은 하늘 아래
푸르게 자란 나무들은
바람에 흔들리는데
새벽종 울리던 교회당
영혼의 어둠을 깨우고
살아갈 길의 깃이 되었다

한 아이가 걸어왔던
열두 칸의 요람을 지나서
쉼 없이 흐르는 냇물에
반짝이는 조약돌은 눈부신데

어느새 눈은 희미해지고
머리엔 하얀 서리 졌구나

어디로 갔을까
돌아본 굽은 계단 휘청거리고
어디쯤 왔을까
고개든 서러움은 숨이 차는데
가파른 계단 오르며
내일을 희망으로 목에 건다

두 손

부스럭 태동을 느끼며 가만히 쏙닥
따스한 태에서 나오며 엉덩이 찰싹
조심히 얼굴을 내민다
응애 소리가 기쁨을 품을 때
아이를 감싸는 손
큰 손과 작은 손이 만나 하나가 된다
만남이 포근했던 손
이별의 차가운 손
무언가 그리울 때
두 손 모아 가만히 누우리라

예순아홉의 계단

논과 산이 처마 끝자락에 어우러진 양지마루
솔잎의 향이 연기되어 오를 제, 힘찬 기지개 열고
당 넘어 샛길을 뛰어넘어 길섶에 눕다

작은 새 날아가는 잿빛의 하늘가에
파랗게 살아나는 푸른빛 지붕 아래, 깃발 날리며
새벽의 종 울리고 동방의 아침이 열린다

한 아이가 걸어간 열두 칸 요람을 지나서
하얀빛 검은 밤 거닐 때, 흙먼지 뒤집어쓰니
어느새 창은 희미해지고 머리엔 하얀 서리 진다

어디로 갔을까 돌아보니 굽은 계단 휘청거리고
어디쯤 왔을까 고개 들어보니, 아래 긴 서러움만
가파른 예순아홉의 계단 오르니 숨이 차오른다

말씀

보이지 않지만
상처를 내고
가슴을 후벼 파는 냄새

보이듯이
내 귀에 속삭이며
다가오는 움찔한 향기

천둥번개 치며
쏘아대는 화살처럼
온몸이 피멍 들게 하는

알면서도 속아주는
피부가 간지러운
말, 거짓말

아침햇살 따스한

진실이 묻어나는 눈빛

그 속에서 우러나오는 참의

말, 말씀

뫼

살아온 만큼
어찌 살아왔는지
아픈 상처도
힘들었던 세월도
아무도 묻지 않는다
그곳은…

세상을 호령하든지
사람을 부리든지
조용히 자궁 속에 누워
메틸알코올로 몸 씻겨
다시 에틸알코올에 뫼 젖는
그곳은…

할미꽃 되어
오는 이들 미소로 맞이하고
땅벌은 혼 파수꾼 되어 지키며

사계절 푸른 옷으로

샛노란 옷으로 갈아입는

그곳은…

목련(木蓮)

봄처녀 목련이 바람이 났다
몸에 칭칭 흰 광목을 두르지만
이웃집 벚꽃이 놀려대며
소문은 개나리 동네까지 번지고
바람이 신이 나게 불어대니
부풀어 오르는 치마폭에
얼굴은 하얗게 변하고
아니라고 손사래를 쳐보지만
봄바람과 눈이 맞았나 보다
목련은 벌써 얼굴이 노래진다

무게

희뿌연 빗방울 하나
머릿속으로 파고든다
아프다!

빛바랜 가랑잎 하나
어깨 위로 내려앉는다
무겁다!

메아리치는 소리에
지친 놀란 가슴은
휘청거린다

바보

이해하는 것은
그래도 무언가 남아 있는 것이외다

포기하는 것은
자신이 할 수 있는 것이 아무것도 없으외다

버리는 것은
이미 다시 미련의 아쉬움도 남아 있을 것이 없으외다

그러나
잊힌 것은
이제 아무렇지도 않게 처음으로 멀리 돌아가 버린 것
이외다

떠나지 못하는 것은
바보도 아니고 깊이 가슴에 손을 얹고 생각하면 愛憎
이외다

보이지 않는

그리고

끊을 수 없는…

바둑

하얀 집과 검정 집을 나눈다
형이 먼저 하얀 집을 가지면
아우는 검정 집을 가지고 먼저 들어가 산다
집 짓기를 시작할 때 형이 와서 무너뜨리면
동생도 형님네 집을 부순다

온 동네 한 바퀴 돌며 치고받고 싸우다가
땅따먹기하듯 담장을 쌓는다
형님네 집이든 동생네 집이든 두 칸만 있으면 되는데
허허벌판에 집 짓다가 허허 형제 웃는다

우리 집에 있는 삼 년 묵은 곡차 한잔하세!

반상

흰머리를 풀어헤치고
검버섯으로 틀어막으며
주름진 반상에 놓인 알들
집 없는 설움보다
마구간에 대마가 죽으니
한 노인 깽판을 친다
나뒹구는 알들 속에
도낏자루 썩는 줄 모르고
주름진 노인네들의
하루가 또 간다

보고픔

봉오리 지고 할미꽃 되었을 때
아직 꽃인 것을 기다립니다
씨앗이 다가갈 때 그는 함박 웃음꽃 피고
보고 싶다는 기다림으로 안아드린다

아직 씨앗으로 남아 있는 나팔꽃은
기다린다는 보고픔은 없고
언제나 곁에 있을 때 좋았던 시간
그리움으로 남는다

보름맞이

쥐를 잡는다고
쥐불에 논둑을 태운다
얼음장 아래 메기가
내 발을 잡던 날
양말은 젖어 발가락 얼어도
호조벌의 보름달 뜰 때면
낟가리 아래 달집태우기
불과 연기 하늘에 닿으면
큰 소원을 빌라는 동네 어른들
어른이 되어 보름을 맞이하여
건강하기를 비는
작은 소원을 빌어본다

봄

겨우살이 뿌리로 이어지는 생명
갓 태어난 아이 머리 가득 올리고
주위의 소란스럼으로 울어 젖히니
빨갛게 물든 줄기는 소중함으로

한잎 두잎 레이스의 꽃들로
피어나는 얼굴의 피아제리
이제 그 눈빛은 껍데기를 벗고
푸르른 새 빛으로 봄이 오는 속삭임

보라 꽃

느낄 수 있는 가녀린 아기 꽃
피기 전 아픔 성모 자애의 손길
태로부터 포근히 품었던 눈길
등으로 이어지는 아낌없는 어미 꽃

두 손 모아 감사한 것에
더 감사함을 아는 보라 꽃
꽃술에는 칭찬의 향기를
주위에 날려 보내는 아름다움!

빈집

기러기 되어 떠난 빈자리에
거미가 찾아들어 그물 치고

엉겅퀴는 부엌에 뿌리내리고
송아지 살던 곳에 도둑고양이가

아궁이 지피던 구들장에는 낙엽이
언제가 다시 올 그들을 기다리는

이 가을 버려진 빈집은 외롭지 않다

빨래터

아비의 처진 어깨 주물러 드리고 힘들었던 다리 두드리며
엄니의 냉가슴 포근히 안아서 하얗게 씻어내는 거품의 향기
아가의 고운 빛깔 옷들이 함께 어울리는 동그란 방 안
행복한 모습 바라보며 널려있는 장대 위에 마음 녹아내리고
포근한 바람 살포시 마른빨래 따스한 손길 보송보송한 옷
힘들었던 하루 어깨 안아 토닥토닥 위로 잠든다

산(山)

산이 부른다

풀잎과 풀잎 사이
바람에 조금씩
내 육신의 안식을 깨우고 있다

구름은 잠시
삶에 지친 내 어깨를 적시고
바위에 무릎 꿇고
존재의 반경이 넓어지도록
기도는 영원을 위로 한다

나무를 등지고 서면
사는 것은
세상 풍경
들꽃처럼 피어나 난다

새소리에 땀을 씻고

나를 더욱 낮추고

사는 법을 생각하다

아직도 버려야 할 것이 많은

세상에 나를 버리며

산을 오른다

새벽

피곤한 몸은
일어서려는 나를 짓누르고
서러운 달빛에 내 마음 젖어 드는데
어두운 길에서 시달린 지친 어깨 세우며
저린 가슴 안고 난 가야 한다

새벽을 여는 이들
세상 희로애락을 고요 속에 던져놓고 가는 이
검어진 양심을 정화하듯
하얀 우윳빛 미소를 살며시 넣어주고 가는 이
밤을 새운 치욕스런 찌꺼기들 쓸어내는
말 없는 이 시대의 고행자를 보며

이제
채우기에 갈급했던 자아를 돌아보며
조물주 앞에 앉으니
마음 깊은 곳에서 눈물이 솟는다

다시

광염의 사명으로

밝아오는 아침 햇살 한 아름 안고

새벽으로 달려가는 길

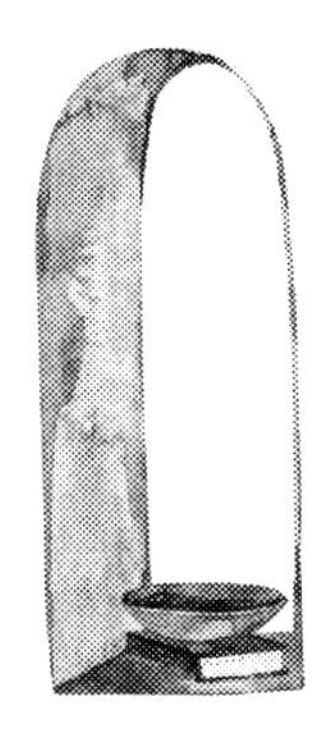
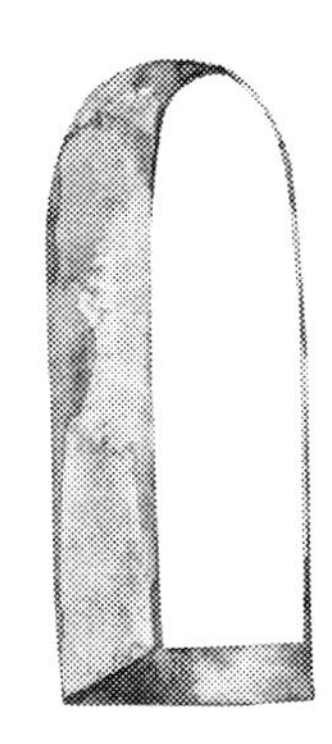
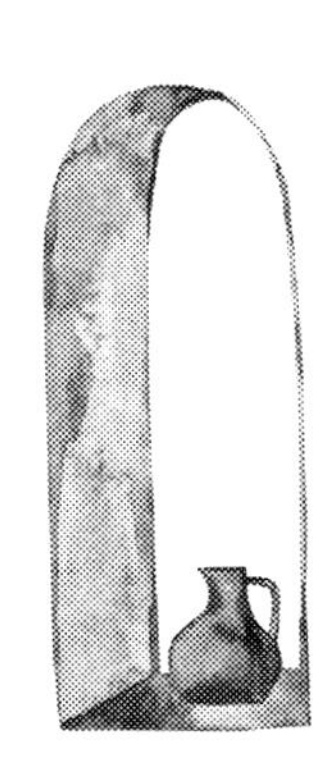

산다는 것은

한 어린아이가 하늘을 보며
보름달이 멋져요! 한다

옆에 어른은 땅을 보며
내일 밭 갈 것을 걱정한다

하늘에서 땅으로 가기까지
아이에서 어른으로 가는 길

보름달을 안고 사는 내가
누가 더 잘 가는 것일까?
반문한다

소문(所聞)

연기에 돌 맞아 본 적 있나요?
황사로부터 시작하는 것이라도
폐부 속에서는 지치게 한다고

모래알을 본 적 있다고 하다가
십여 년을 갇혀 군만두만 먹고
응징을 당한 오래된 아이

모래나 바위나 다 같은 것임을
뒤통수에 맞고 앙가슴을 베고
제발 눈에 돌을 넣어 던지지 마소!

소금 창고

누가 그 많던 실상을 먹었는가?
허상마저도 사라짐을 두려워하며…

태풍에 쓰러졌다면 세우기라도 하련만
뿔난 탱크의 짓밟힘에
흔적조차 없이 발자국만 남기고
휑 하니 갯벌은 그 자리에 앉아 있다

유족들은 차마 떠날 수 없는 무덤 앞에서
목을 놓아 울고 있는데
시체를 태웠는지 파묻었는지
받은 일당으로 안주 없는 소주를 마시며
아무 죄의식도 없이 서 있기도 버거운
백 년의 피붙이들을 몰살시킨
매장꾼들은 지금 어디에서 또 다른 죄를 범하는가?

염부들의 주름으로 쌓았던 고대 바벨탑
병사들의 열병식을 끝으로 사라진 후,
갯골 사이 바람만 덩그러니 남은 자들을 위로한다

흙에서 흙으로 돌아가는 이들이여!
소금에서 소금으로 사라진 그들에게
하이얀 손길이라도 뿌려주자

손수건

상큼한 햇살이 나뭇가지 사이로 쏟아지는 푸릇한 아침

분홍의 홍조를 띄운 하얀 얼굴에
어두운 방 안에서 다소곳이 나를 기다리는 그대

살짝 그대의 손을 잡아 내 따스한 가슴 속에 품으려 하니
아카시아 향은 내 코끝을 스치며 살짝 숨어버린다

고사리 같은 손에 잡힌 그대는 수줍은 타는 아이 뒤에
주홍빛 그대를 숨기며 달아나는구나

시시포스 신화의 고통 속 땀에 한줄기
하이얀 바람이 되어 위로가 되고

저 산 넘어 인연의 끈을 놓으려는 내 눈물에
노오란 그대의 볼을 비비며 위안이 되어

어두움은 가로등 불빛으로 사라진다

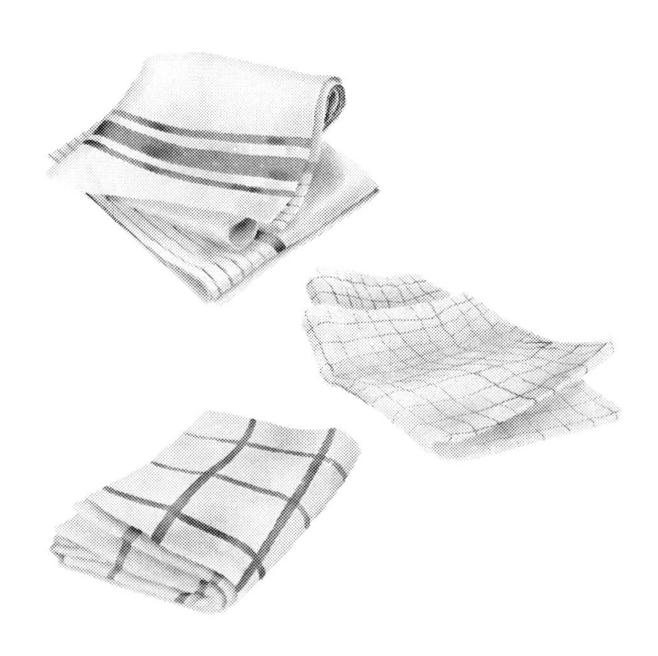

수선화

눈이 왔으면 좋겠네요
그럼 그 눈 속에 내가 섞여
눈처럼 그대 어깨 위에
닿을 수 있을 터인데
그대 안에서 수선화일 수 있음은
더할 수 없는 행복이랍니다

감사하지요
그 모든 것이
한 하늘 아래 숨 쉬고 있음도
또한 큰 축복이지요
우리 살아 있는 동안
많이 사랑하고
많이 그리워하고
또 많이 보아주세요

그대의 따뜻한 마음이,

사랑이 처음으로 전해지는 것 같아

마음이 많이 따뜻해지고

새삼스러움도 들면서

세상은 늘 같은 모습이 많은 것 같지만

또 새로울 수 있어 재미있어요

내가 당신과 함께 있을 때

태양이 빛을 뿜습니다

손님

올여름 아직 살아 있었다
목줄에 매여
손님은 삼일 지나면 냄새난다고
백년손님 오면 씨암탉인데
십 년 지나면 딸을 위한다
식구는 밥상을 놓아두고도 아무렇지 않은데
손님은 아니라고
식구는 입하나 더 있어도 괜찮은데
손님의 숟가락 하나는 짐이라오!
입은 더 있다 가시게나 마음은 가시게나
돌아서는 발길
바지 끄댕이 잡고 늘어진다
목줄에 매인 주인인지 손님인지
내년에 또 볼 수 있을까?

시장

어제는 달래가 오고
오늘은 냉이가 오더니만
모레는 씀바귀 온다고 하더이다
기다리는 할머니 손등은 푸석하지만
주름진 하얀 손바닥으로 씻어주시기에
오가는 발걸음 멈추고 입맛 가득 채우니
고쟁이 주머니에 인심 묻어나는 재래시장 안,

시크릿

언제부턴지 알 수 없는 한 몸 같은 존재
슬플 때는 발밑에 앉아 氣를 세우고
힘들어 지친 어깨 안아주며 情을 주는

때로는 감당치 못함에
가라고 손사래를 쳐도 웃으며
무덤 속에도 같이 가겠노라고

눈을 감으면 보이지 않지만
내 볼에 살며시 입맞춤하는
봄바람에도 질투하지 않는

아!
나는 네가 있어 살아갈 만하다고…

시향(詩響)

너 거기에 서 있는가
조마조마하는 마음
두 손 모아 잘해야 하는데

창밖은 스러지는 바람
詩 향기는 봄을 기다리는 바램
들려오는 그대의 촉촉한 響

아무도 모르게 다가오고
마음의 떨림으로 보아
아마, 전생에 가시와 버시!

씨

땅 쇠네는 수많은 생명이 있다
성년의 자화상을 그린 자궁에 싸여
봄부터 출산을 기다리는 잉태아들

땅 쇠는 수많은 아기를 입양도 한다
전에는 젊은이들이 받았는데
요즘은 노인 분들이 많이 오신다

하얀 분유도 있고 세 발 유모차도 있네
인심 좋은 주인은 덤으로 더 준다고
씨 입양하면서 돈도 받는다

안경

어두운 터널 속에서 한 점 빛을 찾아 주며
푸른 창가로 다가와 찬란함을 느끼게 해주는
코도 귀도 네가 있어 외롭지 않은 연인으로
멀리 안개를 거두며 가까이 글과 동행하니
네가 없었다면 쇠약해진 어둠 속을 헤매고
나를 위해 밝은 세상을 안겨 주었던 고마운
네가 있어 나는 행복한 두 개의 동그라미

어매

왼쪽 어매가 운다
시집가는 딸을 보내며

오른쪽 어매도 운다
군대 간 아들 얘기만 하면

왼쪽은 따스한 마음으로
오른쪽은 냉가슴으로

흐르던 세월은 메말라도
가슴으로 데워진 뜨거운 눈물
우리 어매는 생각만으로도 흐른다

옆에 있을 때나 떠나있을 때나 자식 위해 생각하며…
더운 여름날에도 추운 겨울날에도 기침 소리 흐느끼며
새벽기도는 계속 이어진다
그 기도의 열매를 먹고 사는 나는…

나의 자녀를 위해 기도의 단을 쌓고

그 열매를 물려주는 것이

최고의 믿음의 유산이어라!

양말

홀라당 까서 벗어 버린 검정 양말을 찾아 헤매는 엄마
한 짝은 찾았으나 다른 한 짝까지 보물찾기하고

벗어 놓은 빨간 양말을 이리저리 찾아 헤매는 아이들
이 밤에 찾아올 산타할아버지 선물을 기다리고

길게 벗어 놓은 하얀 스타킹을 찾았으나 올이 살짝
외출할 아가씨는 뜯긴 점 감추려고 접어 드러내고

구멍 난 양말보다는 기워진 양말은 남들 보기에
나의 속살을 드러내지 않으니 더 나을듯하다

벗어 버린 양말은 다시 찾지만 버려진 양말은 슬프다

연(蓮)

한 여자 다소곳이 연에 묻혀 있고
그 여자 사랑에 연으로 들어가네
어느 여름비 오고 바람 불던 날
그 여자 울면서 연에서 떠나갔네
흐느끼는 그 여자 치맛자락 흩날리면
푸른 하늘가 저 멀리 떠나간 자리
파란 관곡지 속에 나 혼자 잠긴다

옆집 남자

옆집 남자는 호랑이를 피해 산으로 간다
그곳에는 여우도 없고 토끼도 없다
여유로운 미소로 맞아주는 마애불상이 있다
묵묵히 자리를 지키는 탱크바위 위에 오른다
철마다 바뀌는 나무들의 속삭임에 잠이 든다
무릉도원 문을 여는 순간 깨어보니
호랑이 문으로 들어가는 일그러진 자화상

옷자락

바짓자락의 끝은 어딘가
치맛자락 잘 떠나는 세상에
미련이 남아 처절함 속에 우는가?

어디 옷자락 남아 있으랴만
주위만 뱅뱅 도는 아이처럼
잘못한 일도 없이 속만 까맣게 타는가?

어차피 떠날 인연이라면
시작하지 않았으면 좋으련만
옷 벗어 던지듯이 훽 던져 버리소!

쓴웃음만 후 하늘 보고 웃지요
땅에서 이루지 못한 아쉬움은
웃는 저 하늘가서 그 임 만나 이루소!

우리

여름은 등줄기 이슬 되어 흐르고
가을은 너른 가슴 낙엽 되어도
그대 사랑으로 열매 맺을 수 있음을
그 속에서 여름과 가을이 무르익고
내 안에 네 안에 그 계절이 있네

나 달빛 되어 그대의 창을 두드리면
그대 별빛 되어 버선발로 맞이하리
그 달빛 나 받아 세상에서
가장 아름다운 빛으로 세상을 비추리
그러면 우리 함께 달이 되리라

은빛 물결

물 위를 걸어보게나,
물속에 잠겨보게나,
따스하고 아늑한
엄마 품에 잦아들듯
서산에 지는 해처럼 빠져보게나
창밖에 찾아오는
잔잔한 어둠의 물결처럼
한 자 한 자 이어지는 시어들은
상기된 얼굴로 촛불에 탄다

이슬

풀잎 끝에 이슬은
가냘픈 세상 속에 사는
내 존재를 각인하듯
빛을 안고 영롱한 문을 연다

또 다른 세상으로 가는 내가
이슬은 불빛에 반사되어
허물을 벗고
영원의 미소가 되는가

일상의 고단한 몸은
달빛에 젖어 서럽다
일어서려는 어깨마저도 짓누르지만
생존의 짐을 안고 나는
새벽을 열며 가야 한다

허물진 자아를

고요 속에 던져 놓고

고행자의 굳은 눈물

이슬 속에 피어난다

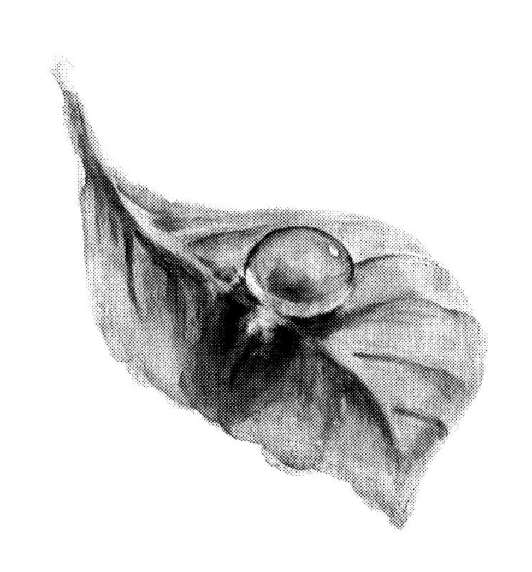

잎새

푸르른 갈비뼈가
태양에 그을려 빨개지면
자근자근 씹어 삼키는 자식
바람 잘 날 없는 날에
안간힘 써도 떨어져 버리는
슬픈 벌레들의 밥 되어
내일은 흙이 되어 밟혀도
윤회의 억겁은 또 시작된다

자작나무

키는 훌쩍 크고 피부는 하얀색
어릴 때 붉은 갈색의 점을 가진 손바닥은 삼각형
끝은 뾰족하고 가장자리에 톱니를 달아
어느 때는 목 조각의 바탕이 되며
귀한 팔만대장경이 되어
한 몸 바쳐 오랜 세월 역사를 지킨다

백두산의 한 귀퉁이를 지키며
차가버섯에 나목의 수액을
아낌없이 주는 은빛 나무
껍질까지 태우며 화촉(華燭)을 밝힌
상처 입은 슬픈 자작나무는
떨어져 낙엽 되어 하얀 가슴으로 흐른다

종소리

처마 끝자락
솔잎 향기
길섶에 눕는다

푸르게 자란 나무
바람에 흔들릴 때
새벽종은 울어
영혼의 어둠을 깨우고
지금 나는
어디쯤 왔을까

가파른 계단 오르며
새벽을 여는
종 울림은 희망을 연다

주머니

어느 갠 날!
긴 줄 위에 널려져
솜구름 안아주고
햇살 등에 기대주면
내 안에 텅 빈 가슴
무엇을 넣을까?
손에 잡히는 것 없어도
바람 불면 부는 대로
내 한 生 흘러가리라
잠시 흔들리면
긴 장대 어깨 받쳐주고
주머니 속 소망 하나
미소 지으리라

지방

버려야 한다
내 몸의 불필요한 일부분을
버려야 한다

산에 오르고 뜀박질하고
안 먹고 지내도
그들은 친숙하듯
아랫배에 달라붙어
오래된 친구처럼
나를 올려다보며 웃는다

네가 나를 버려
그러나 나는 너를 절대 안 버려
죽을 때까지

지게

당신의 등짝을 보면 구불구불해진 주름살
깊이 파인 논두렁 고인 눈물 닦아드립니다
다랭이 논두렁길을 걷노라면
등짝에 나의 작은 가슴을 안고
당신의 손으로 만들어 주신 지게를 지고
혼자 걷다 보면 미끄러져 논으로 빠진 날
차가운 논으로 자상한 눈빛 건네주고
돌아보면 이만큼 살아온 날들이
지게만큼 당신은 가벼워지고
받치는 작대기는 하염없이 흔들립니다

처마 밑의 여유

한겨울은 처마 끝으로 내려
초가집 지붕 아래 흐르면
화롯가에 있던 한 아이
고드름 한입 베어 물면
처마 밑이 주는 아늑한 기억의 여유

아득한 어린 시절
느티나무 길게 서 있는 신작로를 걷던
한 아이가 갑자기 내리는 소낙비에
외딴집의 처마 밑 여유분에 몸을 피하고
주인은 떠나도 빈집의 여유분을 남기고

도심으로 변하는 고향마을은
아파트라는 콘크리트를 사각으로
처마 끝의 여유분은 남기지도 않는 분주함
길손 하나 쉼의 여유는 없는 듯

처마 밑에 여유는
바로 그대 가슴에 있습니다
거친 세파를 피해 숨어들 수 있는
그대 안의 처마 밑!

처음

처음 그대를 만났을 때
하얀 살결이 그리도 고왔지

살짝 어깨에 두른 노란 스카프는
그대를 좀 더 일찍 알았더라면

그대 앞에 서려면 긴 한숨을 들이키고
내 입술에 뜨겁게 다가오는 당신은

한참의 입맞춤에 타오르는 몽롱함
나의 가슴은 그대로 가득히 채워지고

이내 내 발밑에 주저앉아
아무 일 없었던 것처럼 사라지는 연기

천공(天空)

이 천지 공간에 뚝 떨어진 한 자락
하늘과 땅이 넓어서
물질과 세속의 사람 욕심이 가득하더라
참으로 이렇게 세상이 넓을 줄이야!

내 한 몸 숨을 곳 찾아 헤매지만 없구나
내가 독존이 된들 무엇 하리오
이 순간 너를 만나 사랑을 알고
순함을 다시 찾고 싶구나!

추풍(秋風)

송암 동산 언덕 위에 갈바람 불면
파아란 머루와 푸릇한 포도 물들어
더위는 거두고 속내는 익어 가는데

내 볼을 네 손길처럼 스쳐 지나가면
그땐 너의 잊혀진 사랑
새로운 계절로 날 찾아오리

잊힌 만큼이나 세월은 지나가도
코끝에 스치는 그대 나르키소스 향기는
내 가슴에 선선한 자욱 가슴앓이 다가오네

호랑가시

손을 흔들어도 가지 않고
손사래 쳐도 떠나지 않는
밤이슬 맞으며 젖어버리고

새벽이슬 내리는 시간에
가슴속 무릎으로 다가오니
여명으로 밝아오는 미소

내가 너와 함께한다고
세미한 음성으로 안아주는
호랑가시 쓰신 나의 구원자

포기

누군가 나의 오른쪽 뺨을 치면
그 사람의 왼쪽 뺨을 더 세게 친다
당연한 행동인 것처럼
지나가는 사람이 내 뒤통수를 치면
나는 쫓아가지 않고 그저 바라만 본다
할 수 있는 게 아무것도
뒤에서 내 다리를 걸어 넘어뜨리면
그 자리에 주저앉아 하늘만 쳐다본다
아시지요라고…

파리목

한여름의 열대야
그 뜨거웠던 사랑의 무덤
가을이 가기까지 떠나지 않는 너
환히 불 밝히면 신데렐라처럼 사라지고
불 끄면 나 좋다고 주위를 빙빙 돌면서
소리 내어 울면 떠나라고 연기 피고
손바닥으로 네 뺨을 때려도
내 주위를 숨바꼭질하듯 한밤중에 나타나
여자의 한을 가슴에 꽂아놓는다

가을비 추적추적 밀려오면
추풍에 온몸을 부르르
힘없이 날갯짓하며 떠나네
이제 너에게 조금의 미련도 없는데
너는 내년을 기약하며
두 날개 흔들며 비틀거린다

사랑이 떠나는 날

어느 날
아무도 모르게
사랑이 하나
내 안에 왔네

죽은 듯이 메마른 대지 위에
새순처럼 돋아난
사랑이 하나
오랜 세월 같이한
한 몸 같은 존재

사랑이 떠나는 날
소리 나는 구리와 울리는 꽹과리만
피멍 자국과 서글프게 어우러져
가련한 흔적 내게 남았네

또 다른 아픔으로

한 몸의 苦樂을 뒤로하며

애원하듯 지붕 위에

정성 들여 던져놓고 돌아선

오 나의 사랑니여!

쇠사갈

하얀 산 내려오는 사람들
준비 못한 쇠사갈 때문에
불안한 발걸음 걷고 있다

마음이 편한 건 왜일까
주머니에 쇠사갈이 있으니
당당한 걸음으로 올라간다

지친 걸음 기댈 곳 없어
쓰러질 때도 있지만
쇠사갈 같은 예수가 있어
천국 가는 길이 행복하다

희망

소래산에 침을 뱉지 마소
무슨 잘못을 했다고

마니골 군인들은 총을 쏘아대며
무슨 죽을죄를 지었다고

옆구리에 대포 자국 구멍 남겨
타는 가슴 연기 들락날락하고

인천 앞바다에 돌을 던지지 마소
물에 빠져 죽은 이 지푸라기가 없었다오

사방이 우겨 쌈을 당해도
하늘은 열려 있지 않소

지푸라기는 절대 놓지 마오!

허수아비

걱정이 많아 말랐구나!
근심이 쌓여 무겁구나!
눈도 없이 귀도 없이
모자 푹 눌러쓰고
세상 근심 모두 짊어지며
어미 새와 싸우느라
눈감고 귀 막아도
소리치는 메아리는
허수네 아비 가슴에
세차게 깊숙이 파고든다

신철리

신철리가 비어 가고 있다
한 집 두 집 세 집까지
옹진댁, 해주댁, 동원댁까지 떠나고
유화집, 초원집, 밀밭집까지 간판이 내려진 지 오래
국제네, 대우네, 광덕네까지 떠났지만
나는 아직 그대로 자리를 지키고 있는데
언제 오려나 떠난 사람들
솔내 거리는 하얀 백발로 물들어 가고
문화의 거리를 떠난 이들의 부재중 소식이 날아든다
남아있는 낭만의 거리에 가로등 깜빡이고
전봇대를 힘차게 걷어차니
어두움만 스멀스멀 다가온다

지혜의 숲

세상에서 넘어지고
사람들에게 쓰러지기 전에
해와 달과 별들이 뜨고 지고
구름으로 어두워지면 비가 오듯이
육신을 지키는 자들이 무너지고
힘 있는 사람들이 구부러질 때
맷돌은 어처구니가 없어지고
창문에 이끼가 물들어 가면
길거리 벗들의 문은 닫힐 것이며
높은 곳이 두렵고 길에서 놀랄 때가 오리니
정욕도 그치고 욕망도 폐하리니
자기의 영원한 집으로 돌아가리라
헛되고 헛되도다 모든 것이 헛되느니라

새벽을 깨우는 사람들

어제의 사(事)들을 활자 맞춤 퍼즐에 담아
네모난 종이 위에 맞추어서 소년의 겨드랑이 가득
약수 떠오신 할아버지 돋보기 너머로 재방송된다

밤사이 쏟아냈던 말들은 차곡차곡 쌓이고
흩어져 버린 토해냈던 입들까지 아저씨 발등에 담아
육신의 경고음 따라 쓸고 쓸어서 저 멀리 던져진다

새벽을 가는 걸음들 신발에 먼지만 털면 되는데
하얀 줄기를 주시는 아줌마의 따스한 눈길 따라
상처 아물어 굳은살 되어 눈 감으니 안아주는 손길

수필
隨筆

소래초등(국민)학교 시절

세월이 한참 흘렀는데도

소래초등학교 시절은 생생하다

1학년 때부터 살미에서 당 넘어 진굴 고개를 거쳐서 뽀얀 먼지 나는 신작로를 걸어서 학교에 다녔다. 죽마고우 여섯 명과 등하굣길엔 수박이나 참외 등을 서리한 것이나 학교에 가지 않고 산과 들에서 자치기, 딱지치기 등을 하며 각자 가져온 도시락을 먹던 생각도 난다.

신철리 현장마을과 미산리 살미마을에 키가 크고 배짱이 있는 두 친구가 있었다. 학교 화장실 뒤편에서 여러 번 맞장을 떴는데 막상막하였던 것으로 기억한다. 그러나 나는 두 친구와는 가장 친하게 지냈다.

학교 운동장에서 영화 상영이 있으면 단번에 뛰어가 봤는데 아직도 기억나는 영화가 있다. 김희갑 님과 시흥출신 배우 황정순 님이 부부로 출연해서 전국의 팔도강산을 누비며 찍은 내용이다.

운동회 날은 동네잔치가 열렸다. 청군과 백군으로

나누어 여러 가지 운동도 하고 각자 응원 도구를 이용해 목이 터져라 응원도 했다. 점심시간엔 포플러나무 아래서 어머니가 싸 오신 김밥과 사이다를 친구들과 나눠 먹기도 했다.

어느 학교나 소풍과 관련된 전설이 있다. 내가 다닌 학교도 비슷한 내용이 있었다. '학교 우물에서 나와 하늘로 올라가던 용을 소사 아저씨가 죽여서 소풍 가는 날마다 비가 온다.' 소풍 가는 날마다 비가 와서 전해진 이야기를 믿기도 했다.

서옥순 선생님도 기억난다. 내 목소리가 워낙 크기도 하고 책도 또박또박 잘 읽는다고 칭찬을 많이 해주셨던 분이다. 그래선지 선생님의 이름을 잊지 않고 있다.

6학년 때는 젊고 멋진 이윤희 선생님이 계셨는데 후에 매형이 되었다. 지금도 만나 뵐 때마다 지난날을 회고하며 이야기를 나눈다.

학교 다목적 강당은 극동건설 소전 김용산 선배님께서 지어주신 걸로 기억한다. 덕분에 제47회 졸업생은 강단에서 졸업식을 했다. 나는 부천군초등교육회장 표창을 받았다.

내가 졸업할 당시 교장이 최동식 선생님이었다. 그분은, 큰딸이 제71회 졸업생인데 그때도 교장으로 계셨다. 참 깊은 인연으로 기억하고 있다.

그 시절, 할아버지가 돌아가셨다. 삼일동안 학교에 안 갔는데 어영부영했던 나를 보고 평소 엄격했던 아버지가 천자문과 붓글씨를 가르쳐 주셨다. 당시에는 하기 싫어 아버지에게 불만이 많았지만 그 덕분에 지금도 시간이 날 때마다 한자를 읽고 쓰고 있다.

아버지께서는 1학년 때부터 졸업할 때까지 성적표, 상장, 사진 등을 모아두셨다. 그 자료는 소래초등학교 백년사에 소중한 자료로 쓰이기도 했다.

미산감리교회 마당에서 고무신으로 놀이하고, 산업관 마당에서 벽에 공을 차며 놀기도 했다.

초등학교 시절 유난히 책을 좋아했다. 우리 마을에 고등학교 형과 누나들이 농촌 봉사 왔을 때였다. 봉사가 끝나고 돌아가기 직전에 두 명이 나를 귀엽게 보고 어떤 선물을 보내줄까 물었었다. 나는 망설임 없이 '소년중앙이요!' 했더니 후에 책을 보내주셨고 그 한마디가 인연이 되어 지금까지 남동생처럼 친구처럼 만나고 있다. 그 이름이 박영자 누나, 박훈삼 친구다.

나는 당시 '소년중앙'만이 아니라 '어깨동무', '소년조선일보' 등도 구독했다. 아마도 책을 좋아했던 그 바탕이 오늘까지 이어져서 시와 수필을 쓰는 작가가 되었다고 본다. 문단에 들어와서도 더 나은, 더 좋은 글을 쓰기 위해 한국방송통신대학교 국어국문학과, 고려사이버대 문화콘텐츠학과 등에서 공부했다. 공부하면서 시흥시 마을기록가, 마을활동가를 시작으로 시흥문인협회, 시향문학회, 시흥문화원, 시흥새마을문고, 건강도시 시민협의체 도시재생 주민협의체, 시흥의용소방대, 대야동 통장, 마을복지코데네이터 등 많은 봉사활동을 하게 되었고 시보당 대표이자 안경사로 40여 년째 일하고 있다.

나는 초등 시절에 있었던 크고 작은 일상과 취미를 소중하게 기억하고 있다. 내가 살아온 인생의 기초가 된 그날의 기억들이 있었기에 지금의 내가 있다고 생각하기 때문이다. 나의 지난날을 자식들에게 수시로 전하기도 했다. 이렇게 살다 보니 어느덧 시간이 흘러 이제는 자식들이 커서 손자들까지 안겨 주었다. 아홉의 대식구가 된 것이다.

앞으로의 소망은 두 가지다. 하나는 내 생의 결과에 해당하는 모든 가족이 건강하고 믿음의 가정으로 행복하게 살아갔으면 한다. 또 하나는 내 삶의 터전이었던 마을이 더 발전했으면 한다. 특히 소래산 첫 마을 도시재생뉴딜사업인 호현로 솔내거리 상권이 활성화되어 소래초등학교 주변 상가들이 허리를 펼 수 있는 시절이 왔으면 한다.

아주 특별한 아침!

소래산은 나의 벗이자 스승이다.

내 인생의 대부분을 소래산과 함께했기 때문이다

오늘 새벽도 전과 다름없이 소래산에 오르기 위해 준비하고 나섰다. 자녀를 위해 이른 아침을 뚫고 그 아이의 하루를 여는 데 도움을 주어야겠다고 생각하니 산에 오르는 발걸음이 가볍다. 고갯마루 넘어오면서 문득 철학적 질문이 머리를 스쳤다. '내 인생의 목표를 육신의 안식에 둘 것인가? 마음의 상쾌함에 둘 것인가?'였다. 어느 쪽인지 쉽게 결정 못 하고 걸음을 재촉했다. 이처럼 소래산은 나의 벗이자 나의 스승이다. 산을 오르내릴 때마다 나와 가족만이 아니라 삶의 여러 주제와 문제를 놓고 사색과 성찰을 통해 하나씩 정리해 나간다.

산행은 평소 답답해하던 주제와 문제를 제시하기도 하고 그럴 때마다 무거워지는 정신과 육신도 가볍게 해준다. 왜냐하면 문제를 놓고 맘껏 기도할 수 있는 장소도 있기 때문이다. 중턱쯤 다다르면 바위가 있다. 늘 그랬듯이 바위 위에서 무릎을 꿇고 나의 주인이 되신 아버지 앞에서 마음의 문을 연다. 먼저 어린 자녀를 위해 기도한다. 오늘도 어김없이 주께서 일러주신 기도문을 눈물로 드리고 나서 고개를 들어 산 아래를 내려다봤다.

도시의 아침! 산 중턱에 걸린 뿌연 안개비 사이로 빈틈없이 들어선 도심의 얼굴이 드러내고 있었다. 마치 한 점 여유도 없이 살아가는 우리네 마음처럼 그래서 기도에 이런 소망을 담고 있다. '가을 하늘처럼 높고 푸른 도심으로 바뀌기를…'

갑자기 빗방울이 떨어졌다. 올라오느라 흘렸던 땀을 씻게 해주려는 듯 빗방울이 내 얼굴에 떨어졌다. 마침 부는 바람은 가슴까지 시원하게 해줬다. 비가 온다는 이유로 중간에서 산행을 포기하고 내려갈 수 없었다. 다시 정상까지 가야겠다고 생각하고 걸음을 재촉했다. 마침 정상에 도착했다.

산꼭대기 정상에 오른 내 기분은 이제껏 힘들게 올

라온 수고와 애씀이 한층 고조되어 산에서 내려갈 생각까지 잊는다. 한동안 심호흡을 크게 하고 발아래 있는 중턱에서 봤던 세상을 다시 바라본다. 그 질문에 대한 답을 다시 떠올렸다. 그러나 아쉽게도 다음 일정 때문에 내려가야 할 시간이 되었다. 오늘은 아이들을 위해 기도한 것으로도 만족하고 그 질문은 다음에 하기로 했다. 내려가는 내 마음과 발걸음이 가볍다. 미끄러지듯 달렸다. 고갯마루에 접어들자 '육신의 안식에 둘 것인가? 마음의 상쾌함에 둘 것인가?'가 다시 떠올랐다. 나도 역시 보통 사람이다. 내가 내 문제를 놓고도 쉽게 결정과 선택을 하지 못한다. 질문이 머릿속을 뱅뱅 돌 때 동네 어귀가 보였다.

산을 오르기 위해 이쪽으로 오는 사람들이 보였다. 내 옆을 스쳐 지나가는 이들의 밝은 얼굴이 눈에 들어왔다. 이미 산꼭대기에서 희열을 맛본 나는 기쁨이 충만했다. 그래선지 이제 산에 오르려는 그들에게 이 기운을 나누고 싶었다. 이들도 나처럼 육신의 건강만이 아니라 내면적인 아름다움까지 찾으려고 노력하는 사람들이다. 비록 스치는 인연이지만 이들도 건강하길 기원한다. 저들의 몸엔 자유로움이, 마음에는 평안함이, 찾아들기를 간구하며 내 발걸음은 다음 일정을 지키기 위해 속도를 높였다.

오늘처럼, 비록 문제를 쉽게 결론 내리지 못해도, 정결한 몸과 마음으로 차 한 잔 여유와 이 계절의 정취를 느끼는 이 순간이 감사하다. 늘 오늘 하루가 최초의 날처럼 새롭게, 최후의 날처럼 뜨겁게 살아가야겠다. 나에게 이 아침은 아주 특별한 아침이다.

한여름의 아침 단상!

오늘 아침,
세계적인 디바 '셀린느 디옹'을 만나다

비가 약하게 흩뿌리는 주말 아침, 산에 오를까 말까 한동안 고민했다. 그러나 금세 마음을 바꿨다. 비 맞는 산행도 괜찮다 싶어 현관문 한쪽 귀퉁이에 세워져 있던 우산을 잡았다. 바지 뒤 왼쪽 주머니엔 작은 생수 한 병을, 오른쪽엔 손수건을 넣었다. 그리고 산행 시 항상 지참하는 자그마한 라디오를 귀에 대고 내가 다녔던 초등(국민)학교 담장을 지났다. 오월에 담장에 피어 있던 덩굴장미는 흔적도 없이 사라지고 그 자리에는 분홍의 꽃잎들이 수줍은 듯 피어 있었다.

귀에 댄 라디오는 주파수를 맞추지 못해서 에이엠과 에프엠이 번갈아 소리를 냈다. 이리저리 돌리다 이문세의 목소리가 나오기에 주파수를 맞췄다. 이름 모르는 팝 가수를 소개하는 시간이었다. 집중해서 들어보니 그 가수는 캐나다의 퀘백주 어느 자그마한 시골에서 십사 남매의 막내로 태어나(혹시, 엄마 아빠가 포기했다면 이 세상에 오지 못했을 운명) 'Bar'를 운영하는 부모님의 가게에서 5살의 어린 나이 때 노래를 부르게 되었고 그 지방에서는 그의 노래를 들으려고 사람들이 구름처럼 모여들었다고 했다.

십 대에 자신이 직접 작곡한 악보를 들고 방송국 P.D를 찾아가게 되었는데 그 방송 프로듀서는 자기 집을 담보로 두 장의 앨범을 발표했다고 한다. 그들의 운명적 만남은 그녀 나이 26살 때 52살의 스승 같은 방송 프로듀서와 결혼을 발표하게 되었다. 이후 세계적인 각종 상을 휩쓸고 지금까지 일억 오천만 장의 앨범이 발매되었고 그 유명한 영화 '타이타닉(TITANIC)'에 삽입된 주제가 'My Heart will go on'이 엄청나게 히트했다. 그러나 그즈음 안타깝게도 남편은 후두암을 선고받게 되었다.

그녀는 모든 활동을 중단하고 남편의 뒷바라지에 이 년의 시간을 보냈다. 그녀의 헌신적인 정성일까? 남편은 다시 일어나게 되었고 그녀도 다시 활동을 시작했다. 그녀의 이름이 세계적인 디바 '셀린느 디옹' 이다.

언제 피었는지 알 수 없이 우리 곁에 다가와 그 꽃을

대할 때 비로소 아름다운 자태를 느낄 수 있는, 너무 화려하지도 않으나 결코 초라하지는 않은. 그러나 우리들이 존경하는 꽃! 삼천리금수강산 우리나라 꽃! 확 피었다가 사라지는 벚꽃의 사라짐이 아니요. 꽃을 피우며 동시에 가시까지 안고 가는 장미의 교만함도 아닌 외세의 침략을 받아도 묵묵히 이겨나가며 누구를 범하지 않으며 백의민족의 자존심을 지키는 우리나라와도 같은 꽃! 진딧물이 있다고 꺼리지만 그 벌레까지도 안고 가는 꽃! 모든 인기도 그 남편을 위하여 버리는 셀린느 디옹과 같이 무궁화는 우리나라 사람들 가슴에 늘 사랑으로 피어있는 꽃입니다.

나의 아버지

이젠 아버지 시대는 저물고

두려움과 무서움에 떨던 이 아들의 시대다

큰아들로 태어났다. 내가 세상에 나온 시절에는 '남아 선호 사상(男兒選好思想)'이 강한 시기였다. 아버지와 어머니는 할아버지와 할머니 기대에 어긋나지 않았기 때문에 기뻐하셨을 것이다. 부모님에게 나중에 들은 게 있다. 나는 태어나서부터 삼 년 동안 엄청 울었다고 한다. 때와 장소 구분 없이 울어 젖히는 아들을 보면서, 우렁찬 목소리 때문에 나중에 크면 뭐든 큰일을 하겠다고 생각하셨단다.

그래선지 아버지는 나의 교육에 관심이 많으셨던 것 같다. 틈만 나면 천자문과 서예를 가르쳐 주셨다. 내성적인 내게 웅변도 가르쳐 주셨고 영어경시대회 등도 내보내 주셔서 사람들 앞에 당당하게 설 수 있는 바탕을 갖게 하셨다. 아무튼 나는 아버지 교육 때문에 천자문을 외우고 붓으로 신문지에 글씨를 쓰면서 자랐다. 하지만 어린 시절에는 그게 불만이었다. 왜냐하면 동생에게는 그렇게 하지 않으면서 큰아들이라는 이유로 그리하셨기 때문이다.

아버지는 지역 활동도 열심히 하셨다. 사회운동가로 향토예비군 소대장으로 우리 마을을 표준방위촌으로 만들었다고 한다. 그 결과로 당시 국방부 장관까지 동네를 방문했고 새마을운동이 붐이 일어날 때는 새마을 지도자로서 일하시면서 유명해지셨다고 한다. 나는 아버지 후광 때문이었는지 반장 역할을 도맡아서 했다. 나는 집과 교회 그리고 학교로 돌면서도 논과 밭을 누비기도 했다. 또한 효심이 남달라서 고생하시는 어머니 일을 도와주던 착한 아들이기도 했다.

아버지는 재건국민운동 당시 안양마을금고를 다니셨는데 소래농협에서 특별채용이 되어 농협에서 정년퇴직을 하셨다. 너무 이른 나이에 일을 그만두어서 영보전기와 레코드 가게도 운영하셨고 어린이집과 쌍용포장 등에서 자동차 운전도 하셨으며 시간이 날 때마다 대리운전도 하셨다. 나중에는 경로당 노인회장과 시흥시 게이트볼 회장을 하시면서 시흥시민대상을 받았다.

책임감이 강하고 사회 활동에 열심이셨던 아버지는 큰아들인 나를 엄격하게 키우셨다. 나는 아버지 기대에 어긋나지 않기 위해 나름대로 최선을 다했고 오히려 아버지보다 더 상을 받아야지 하며 열심히 달려왔다. 그 결과 아버지보다 양적으로는 상을 많이 받았지만 아버지의 영향력엔 못 미친다고 생각하고 있다.

아버지는 하고 싶은 것 다 해 봐서 원이 없다고 말씀하신 적이 있다. 그랬던 아버지가 '세월 앞에 장사 없다'는 말처럼, 나이 구십이 넘어 힘이 떨어지면서 요양원에 계셨었다. 아버지를 뵈러 갈 때마다 "왜 나를 그렇게 무섭게 대하셨나요?"라고 물어 본 적이 있다. 그럴 때마다 미안하다고 하셨다. 좀 더 건강할 때 진작 얘기해주시지 하는 약간의 아쉬움도 있다. 아버지가 미안하다고 말씀하실 때마다 어린 시절 불만은 사라지고 아버지를 바라보는 내 눈동자엔 눈물이 고였다.

이젠 아버지 시대는 저물고 두려움과 무서움에 떨던

이 아들의 시대다. 물론 얼마 후면 나도 아버지의 길을 그대로 따라갈 것이다. 내가 아버지 가시는 길을 배웅했던 것처럼 내 자식들도 그랬으면 좋겠다. 아버지의 가르침을 가슴에 새기고 남은 생도 아름다운 삶을 이어 나가려고 한다. 내 자식들에게도 그런 아버지로 남길 원한다.

죽마고우

세월이 흘러 다들 예전의 우리들의 아버지나
할아버지 나이가 되었다

"아범아! 배추하고 무 심으니까 밭으로 와라!"
"네!"

얕은 잠에 빠졌다가, 어머니 목소리에 깼다. 오래된 기억이 오늘 일처럼 뚜렷하게 떠오른다. 당시 나는 대답하고는 벌떡 일어나 뱀처럼 휘어진 황토 먼지가 뽀얗게 피어오르는 시골길을 뜀박질했다. 그 길 양옆으로는 느티나무가 늘어서 있어서 사계절 내내 멋진 경치였다. 그랬던 길이 사라지고 이제는 회색 아스팔트나 시멘트의 단단한 길로 변했다. 비록 어린 시절의 경치는 사라졌지만 사람들의 이동을 우선해 편하게 변한 도로를 바라보면서 다시 아련한 추억으로 빠졌다.

초등(국민)학교 시절, 자그마한 아이가 시오리(十五里)

되는 먼 길을 사박사박 걸어간다. 심한 감기가 들어 걷기가 힘들 땐 아빠가 아닌 엄마가 업어서 그 길을 걷기도 한다. 아빠는 엄격해서 업어 준 적이 없었던 것 같다. 그래서 아플 때마다 엄마의 등에 업혔다. 엄마의 등은 하염없이 넓어 보이고 따스했다. 그 느낌은 오랜 세월이 흘렀어도 지금까지 가슴으로 느껴진다.

죽마고우가 있었다. 우리는 모여서 놀 때마다 '누가 제일 먼저 장가갈까?'를 놓고 손가락으로 가리키기도 하고 친구 중에서 어디서 들었는지 둘째, 셋째보다 장남들이 먼저 간다는 논리를 펼치기도 했다. 그 친구의 말처럼 나는 장남이었기에 가장 먼저 결혼했다.

친구들과 산과 들에서 뛰놀며 함께 꿈을 꾸고 바다를 바라보면서 이상을 생각했다. 우리는 호조별을 바라보면서 서로의 바람을 나누었었다. 이제는 세월이 흘러 다들 예전의 우리들의 아버지나 할아버지 나이가 되었다. 아버지의 구부러진 등짝도, 얼굴에 짙게 난 구불구불한 주름살도 나나 친구들의 모습이 되었다. 세월로 인해 변해 버린 나에게 내 자신이 다가가 시 한 편을 읊어 주었다.

'다랭이 논두렁길을 걷노라면 등짝에 나의 작은 가슴을 안고
당신의 손으로 만들어 주신 지게를 지고 혼자 걷다 보면
미끄러져 논으로 빠진 날
차가운 논으로 자상한 눈빛 건네주고 돌아보면
이만큼 살아온 날들이 지게만큼 당신은 가벼워지고
받치는 작대기는 하염없이 흔들리네'

통배미 우물의 아픈 기억

나그네의 목마름을 채워주던 통배미 우물의 아픈 기억

나그네의 목마름을 채워주던 통배미 우물의 아픈 기억이 있다. 살미동네 끝자락에는 통배미 우물이 자리 잡고 있었다. 아낙네들의 이야기꽃이 피어나고 지나가는 길손들 목을 축이는 통배미 우물 그곳에는 잊히지 않는 기억이 하나 있다. 막냇동생이 우물에 빠졌던 것이다.

나는 식물 채집하러 간다고 막냇동생과 갯고랑이로 호미와 바구니를 들고 나갔다. 돌아오는 길에 동생이 물을 마시고 싶다 해서 통배미 우물로 가서 두레박 물을 퍼서 건너편에 있던 동생에게 먹이려는 순간, 동생이 몸의 균형을 잃고 우물 안으로 첨벙 떨어졌다. 순식간에 일이 벌어진 일이라 나는 정신없이 우물 안으로 뛰어들었다. 거꾸로 들어가 있는 동생을 바로 세우고 동생을 끌어 올리려고 했다. 힘에 부친 나는 어쩔 줄 몰라 허둥

대기만 했고 놀란 동생은 소리 내어 울기 시작했다.

마침 동네 어귀에 있던 아저씨가 동생의 울음을 듣고 달려와서 우리를 하나씩 들어 꺼냈다. 나와 동생은 물에 빠졌던 생쥐였다. 옷이 다 젖어 물이 뚝뚝 떨어졌다. 그런 상태로 먼지 나는 길을 걸어 집으로 향했는데 우리는 똑같이 걱정하는 게 한 가지 있었다. 아버지의 화난 얼굴과 혼날 생각이었다. 이미 우리의 얼굴은 노랗게 변해 있었다.

어린 시절에는 사십이란 나이는 아버지들만 되는 줄 알았다. 그러나 어느새 아버지는 구십이 넘었다. 아버지는 청년 시절 피치 못할 전쟁으로 많은 고생을 하셨고, 중년 시기는 열정과 패기로 지도자의 생활을 통하여 나에게 도전 정신을 심어주셨다. 나는 아버지의 십분의 일만이라도 따라갈 수 있을까 생각했는데 돌아보면 흉내만 낸 것 같다. 아버지는 세월이 지나면서 몸도 많이 약해지셨다. 어린 시절에는 항상 곁에서 영원히 든든하게 지켜 주실 줄 알았는데 이제 내가 아버지의 울타리가 되었다.

할아버지는 아버지께, 아버지는 나에게 믿음을 유산으로 물려주셔서 살아가야 하는 의미와 가치 그리고 목적을 알게 하셨다. 나도 그 뜻을 이어받아 자식들에게 믿음을 물려줄 수 있어서 감사하다. 각자의 달란트대로 봉사하며 살아가는 가족을 보면서 아버지의 관심과 사랑에 감사드린다.

'어둑해지는 마당 끝에 멍석을 깔고 누우니

여름밤의 별빛들이 얼굴에 내려앉는다.

하늘에는 은하수가 흐르는데 빨건 코피가 얼굴을 타고 흐른다.'

화양연화(花樣年華)

인생의 가장 아름다운 순간!

화양연화는 인생에서 가장 아름답고 행복한 순간을 표현하는 말이다. '꽃이 피는 나이', 즉 인생에서 가장 아름답고 활기찬 시기를 의미하며 '꽃의 모양'과 '세월 또는 나이'를 결합한 말이다. 꽃이 만개하여 가장 화려하고 생동감 넘치는 순간을 비유적으로 표현했다.

화양연화의 의미가 우리 삶에서 어떻게 반영될 수 있는지는 태어나는 순간이다. 모든 사람은 탄생의 순간을 기쁘고 최고의 행복이라고 말한다. 누군가 이 세상에 태어나는 것은 축복이고 많은 사람이 화양연화의 '때'라고 한다. 그러나 나는 태어나는 것도 중요하지만 잘 죽는 것, '웰다잉'도 중요하다고 생각한다. 경로우대증이 나온 것이 얼마나 감사한지, 오늘 이 순간이 어제 죽은 이에게는 꿈이고 희망이다. 그래선지 나는 오늘도 살아 있음에 늘 감사를 드린다. 이제 앞으로 70대, 80대, 90대 나이에도 후회하지 않을 오늘을 보내야 한다고 생각한다. 세평만 있으면 부족함이 없다고 생각한다. 평범, 평안, 평화를 추구하며 세 가지의 감을 따 먹으면서 감사, 감동, 감탄하며 살아야겠다.

장모님 가시는 길에 버스를 타고 가면서 흥얼거렸다. '수양버들 춤추는 길에 리무진 타고 가네, 아흔네 살 할머니가 천국을 간다네, 가네 가네 복순이, 할아버지 곁으로 가네' 태어나서 죽는 것이 얼마나 소중한지 다시 한번 느낀다. 최근 이 년 동안 다섯 분의 죽음을 맞이했고 잘 보내드렸다.

첫 번째, 어머니입니다.

큰아들로서 어머니의 삶을 잘 마무리하게 해드렸습니다. 그분이 살아온 인생 마지막을 아들로서 잘 지켜 드렸습니다. 어머니는 눈을 감으면서도 제 손을 꼭 잡고 천국으로 가셨습니다. 다리가 불편해서 펴지 못하고 꾸부정하셨는데 다리가 쭉 펴지고 편안한 얼굴로 가셨습니다. 고운 어머니의 얼굴을 보면서 잘 보내 드리는 것 같아 안도감과 동시에 감사를 드립니다.

두 번째, 동서 형님입니다.

동서 형님은 처형과 조카들이 마지막 시간까지 모여 지키고 있을 때 깊은 잠에 드셨습니다. 옆에서 잠든 모습을 보면서 동서로서 함께했던 시간이 참 행복했다고 생각했습니다.

세 번째, 아버지입니다.

아버지는 젊었을 때, 세상의 지도자가 되겠다고 나섰다고 합니다. 세상일을 하시느라 자녀들에게 소홀한 면도 있었습니다. 하지만 쉼터에 있는 동안 큰아들 전화번호만은 잊지 않으셨다가 합니다. 주위 사람들에게 '우리 큰아들이 최고야!'라고 몇 번이고 자랑하셨다고 합니다. 좀 더 일찍 아들을 따뜻하게 안아주셨으면 하는 아쉬움도 있었지만 감사할 따름입니다.

그래도 마지막 가시기 전에 영원히 기억에 남을 일이 하나 있었습니다.

어느 날, 응급차를 타고 응급실로 갔다가 중환자실로 이동하고 나중에 일반병실로 옮겨 오면서 물으신 적이 있습니다.

"누가 여기 데려왔어?"

"네! 아버지 제가 모시고 왔어요. 걱정하지 마시고, 천국 갈 때까지 옆에서 지켜드릴게요!"

"응! 고맙다, 아범아!"

그때 아버지 머리에 손을 얹고 기도해 드렸습니다. 나 어릴 때 아버지가 해주셨던 것처럼…….

그리고 다음 날 세상과 이별하셨습니다.

아들로서 모든 것이 부족했지만 잘 보내드렸다는 생각에 감사를 드립니다.

네 번째, 셋째 동서입니다.

셋째 동서를 생각하면 슬퍼집니다. 마지막 가는 길에도 아무도 오지 않고 쓸쓸히 보냈습니다. 좀 더 가까이에서 많은 시간을 함께하진 못했지만 늘 마음으론 사랑했습니다. 제대로 사랑을 전하지 못한 것 같아 지금도 안타까운 이별이라고 생각하고 있지만 잘 가신 것 같아 다행입니다.

마지막 다섯 번째, 장모님입니다.

장모님과 이별하는 전에, 인간사가 다 그렇듯, 언젠가는 헤어진다는 생각 때문에 많은 추억을 쌓으려고 힘썼습니다. 제부도에서 케이블카를, 생태공원에서 전기자동차를 타고, 수목원에서 허브차 향기를 맡기도 하고 예쁜 꽃들도 보러 다녔습니다. 서서히 다리 힘이 빠지면서 자리를 보전하셨습니다.

소사에서 처형이 모시고 있다가 아들 곁으로 가야 한다고 하셔서 구급차를 타고 경주로 달렸습니다. 감사하게도 저녁때 출발하여 자정에 도착하자마자 두 아들이 지켜보는 동안 돌아가셨다고 합니다.

한 사람이 이 땅에 내려오면 출산, 백일, 첫돌, 그리고 소년·청소년, 청년으로 성장하여 중년과 노년으로 흐르면서 생을 마친다. 이 세상을 떠나면 임종, 입관, 발인, 노제 하관 그리고 삼우제, 사십구재까지 거친다. 태어날 때는 혼자 울지만 모두에게 축복받는 인생인데, 갈 때는 많은 사람이 아쉬움에 눈물을 흘리게 하는 인생이 복된 인생이 아닐까 한다. 어두움 속으로 사라지는 한 사람을 보면서 이젠 나도 준비해야 하는 시간이 코앞에 닥친 것 같다. 우리의 몸도 내일이 될지 아니면 십 년, 이십 년, 삼십 년이 될지 모르지만 몸도 가꾸고 마음도 가꾸면서 후회 없이 베풀고, 용서하고, 사랑하며 살다가 멋지게 돌아가는 소망해 본다.

'나 하늘로 돌아가리라!
아름다운 이 세상 소풍 끝내는 날
가서, 아름다웠다고 말하리라'

천상병 시인의 고백이 진정 화양연화가 아닐까?

나는 '호기심' 덩어리다

호기심이 없거나 사라진다면

지루하기 짝이 없을 인생

나는 호기심이 없거나 사라진다면 인생이 지루하고 재미없을 것 같다고 생각한다. 그래서 나는 호기심 찾아 오늘도 열심히 달린다. 호기심을 찾아보면, 새롭고 신기한 것에 반하기도 하고 모르는 것을 알고 싶어 하는 마음도 생긴다. 그러나 호기심을 갖는 순간은 양은 냄비지 무쇠솥은 아닌 듯하다.

나는 직선의 길보다 곡선의 길을 좋아한다. 꼬부랑길을 걷다 보면 볼 수 있는 것이 많다. 눈에 보이는 모든 것들은 다 소중하다. 휴대폰으로 가장 중요한 이 찰나, 순간을 찍는다. 이런 생활은 삶의 일부가 된 지 오래되었다. 내 삶의 일부라는 것은 손자에게도 전해졌다. 함께 다니면서 사진을 찍었더니 어느 날은 학교에 안 가고 주변의 떡집, 꽃집을 다니면서 구경하며 사진을 찍을 정도다. 덕분에 손자 선생님에게 전화도 받았다. "정우가 아직 학교에 안 왔어요!" 대답을 못 할 정도로 민망했다. 학교 주변을 돌다 어느 구멍가게에서 찾아 학교에 보낸 적도 있다. 호기심도 대를 이어가나 해서 혼자 웃은 적도 있다.

어렸을 때는 식물채집으로 호조 밭을 헤매고 곤충채집으로 호조 벌을 누비며 호기심을 채웠다. 우편함에서 편지를 발견하면 우표를 떼어 수집하고, 잡지에 펜팔 안내면이 있으면 내 주소를 올려서 편지도 주고받았다. 그리고 책도 많이 모았다. 모은 책 종류도 다양하다. 소년조선일보, 소년중앙, 어깨동무, 보물섬, 만화책, 브로마이드에 이어 새농민, 주간경향, 선데이서울 등이다. 어른이 되어서도 책 할부 장사에게 한국단편전집, 세계단편전집, 수필과 소설전집, 카네기 일대기, 무풍지대 등을 구입해서 지금까지 서재에 장식하고 있다.

방학 때마다 계획표를 잘 만들어서 붙여 놓고 사흘 후부터는 쳐다보지 않았다. 매년 방학이 되면 만들고 또 만드는 방학 생활 계획표였던 것이다. 당시 만들었던 계획표는 일부는 아직도 남아 있는데 사실 많은 것을 이루기도 했다. 아버지가 모아 두신 초등학교, 중학교, 고등학교 성적표와 우등상, 개근상, 졸업장 등도 지금까지 남아있다. 자식의 역사를 모아 두신 아버지의 피를 물려받아선지 나도 수집하는 것을 좋아한다.

나는 귀로 듣는 것도 좋아한다. 장르 불문하고 다양하게 즐기는 편이다. 예술의 전당에 가보면 공연 시간은 겨우 한, 두 시간이다. 오고 가는 시간은 몇 배로 공들여야 한다. 예술의 중요성을 일찍 깨달아선지 우리 마을에서 하는 공연, 음악, 무용, 연극을 비롯하여, 미술, 시화, 사진 전시회는 하나도 빠지지 않고 보는 편이다. 특히 작가들과의 대화의 시간은 그들이 공들인 시간 안에서 주고받는 교감은 내 안으로 들어와 공감이 되고 설렘으로 안착한다. 그것은 곧 호기심으로 발동되어 실천하고 싶은 욕망으로 솟구친다.

나는 악기에도 관심이 높다. 입으로 부는 것과 연주하는 것들에 호기심이 왕성하다. 기타, 트럼펫, 드럼, 하모니카, 키보드, 하프 그리고 장구와 꽹과리까지 배웠고 또 악기를 가지고 있다. 전에는 예총 아카데미 오케스트라에서 탬버린 연주도 했다. 노래 부르는 것을 좋아해서 합창단으로 활동도 하는데 남성 중창단으로 매주 월요일에 연습 시간을 갖고 시월에 있는 정기연주회도 준비한다.

나는 지적 호기심으로 글을 쓰고 그림을 그리고 사진을 찍으며 자기 계발, 자아발전에 힘쓴다. 소풍을 가거나 축제에서 글짓기대회가 있으면 꼭 참여한다. 그 습관이 나비효과가 되고 기초가 되어서 시를 가까이하게 됐다. 버킷리스트의 하나였던 책을 두 권이나 출판했다. 최근엔 사진과 함께 쓰는 사진 詩에 푹 빠졌다. 수필도 도전할 수 있는 기회가 생겨서 참여했었다. 주로 시를 썼는데 새로운 분야인 수필을 쓰면서 오랜만에 설렘도 느꼈다. 함께 공부하는 분들이 열정적이어서 다음 책도 기대하고 있다.

그림이 좋아서 연필 인물화, 어반스케치, 수채화, 유화 그리고 한문 서예, 한글 서예, 캘리그라피까지 손을 댔다. 손과 발로 땀 흘리는 운동도 좋아해서 조기축구회, 사회인야구 그리고 산이 좋아 산악회 활동하며 보약 같은 친구라고 생각하는 소래산을 수백 번 등산하는 것은 물론, 골프, 탁구, 당구, 배드민턴, 테니스, 볼

링, 자전거 등 동호회에 소속되어 있고 요즘은 파크골프에 호기심이 생겨 발을 들였다.

과거 우리 사회는, 사람의 성격을 알아보는데 혈액형을 중시했다. 나는 사랑스러운 B형이다. 만나는 사람이 B형이면 호감이 간다. B형은 섬세하고, 감성적이고, 배려를 잘한다. 반면 잘 삐진다고 한다. 현대 사회는 MBTI로 성격 유형을 관찰한다. 나는 INFJ이다. 그리고 T도 섞여 있다. 이상주의적이고 원칙주의적인 성격이다. 삶에 순응하는 대신 삶에 맞서 변화를 만들어낸다. 성공이란 돈이나 명예가 아니라 자아를 실현하는 것이라고 생각한다. 이를 통해 다른 사람을 돕고 세상에서 선한 영향력을 끼치는 것이다. 양심적인 행동과 자신의 확실한 가치관에 따라 인생을 살아가며 자신의 지혜와 직관을 통해 중요한 가치를 찾기 위해 노력한다. 장미보다 안개꽃이 되고 싶은 나는 인프제다.

나는 나의 호기심이 어디까지 갈까 나 자신도 궁금하다. 호기심이 사라지면 설렘도 사라진다고 생각한다. 그래서 호기심을 키우려고 노력한다. 자라는 새싹을 키우듯 줄기로, 열매로 나이는 먹는 것이 아니라 익어가는 것으로 생각한다. 그리고 나는 호기심만이 아니라 카페인 중독자이기도 하다. 아무튼 나는 내가 내 자신을 생각해도 호기심 덩어리인 게 분명하다.

바보상자

그대를 처음 만난 날은
'아폴로 11호 우주선'이 달에 착륙했을 때였다

그대를 처음 만난 날은 '아폴로 11호 우주선'이 달에 착륙했을 때였다. 까무잡잡하고 자그마한 어린아이가 동네에 하나밖에 없는 나를 만나러 주인장 어르신의 비위를 맞추며 방에 들어섰을 때 평생 함께 갈 친구라고 생각했다. 아이는 사람들로 가득한 방에서 나를 보려고 까치발을 하며 서 있었다. 곰보 같은 달에 사람의 발자국이 찍히는 것을 보고 감동하면서 아이는 아폴로 우주선의 달 착륙을 신기하게 보고 있었다.

한참 후에 아이와 두 번째로 만났다. '여로'를 할 때는 동네가 조용하고 극장이 텅텅 비는 초유의 사태가 벌어졌다. 특히, '옛날에 이 길은 꽃가마 타고 말 탄 님 따라서 시집가던 길 여기던가, 저기던가, 복사꽃 곱게 피어 있던 길 한세상 다하여 돌아가는 길 저무는 하늘가에 노을이 설구나'란 '아씨' 주제곡이 흐르면 어머니들이 힘들었던 시집살이가 생각나시는지 눈물을 흘리던 기억이 나고 당시 최고의 재미를 주었던 영구와 함께 웃고 떠들던 모습도 새록새록 떠오른다.

한·일전 축구 중계를 할 때는 전파사 앞에 서서 나를 보며 소리치고 다방에 들어찬 사람들은 나에게 이기면 박수를, 지면 손가락질하면서 죽어라 소리를 질러대고 웃고 울리는 나를 바라보며 모두 나를 갖고 싶은 꿈들을 꾸고 있었다.

목소리만 나오는 소리통은 광복 30년이라는 프로그램을 들으면서 50년의 시간이 흐르고 나도 따라 흘러왔다. 뒷동산 산소 위에 벌렁 누워 김정호의 '작은 새' 노래가 트랜지스터 소리통으로 흐를 때 파란 하늘 위에서 지나가는 작은 새를 보았던 것은 세월이 지나도 눈에 선하다. 전축이 갖고 싶어 턴테이블만 사다가 전기소리통 소리 조정기에 달아서 맨 처음 들었던 사이먼과 가펑클의 '철새는 날아가고' 지금도 그때 그 시절이 생각난다. 김세원 아나운서의 '밤의 플랫트 홈', 이종환, 김기덕 그리고 별밤지기 가수 이문세의 '별이 빛난 밤에'를 들으면서 팝송을 알고 쓴 커피를 마시면서 청바지에 기타를 치던 수줍은 많던 아이는 청년 시절을 보냈다.

먼 훗날 당신을 만났을 때는 하얀색, 까만색만 보이던 얼굴에 총천연색으로 색동옷을 입고 등장했다. 얼굴을 곱게 단장한 채로 처음 세상에 나를 드러냈고, 각시를 맞이하면서 혼수로 가져온 보물은 당신 부부의 방을 차지하게 되었다. 각시가 질투를 하기 시작했다. 나만 좋아한다고. 하루 종일 앉아서 나를 뚫어지게 바라만 보고만 있었다. 그 남자는 단순해서 불러도 대답이 없었다.

당신은 톰과 제리, 웃으면 복이 와요, 순풍 산부인과 등 코미디 프로를, 각시는 귀로, 아들과 딸, 보고 또 보고 등 연속극을 보면서 하나밖에 없는 나를 두고 서로 부부싸움 하던 좋은 시절을 보냈다. 그랬던 나는 지금은 조금씩 뒷방 늙은이가 되어가고 있다.

요즘 사람들은 내가 없어도 잘 산다. 휴대폰이라는 게 나오면서 나는 서서히 뒤로 밀리고 있는 것이다. 그것으로 어른들이 유튜브나 영화를 보고, 어린아이들은 게임하느라 돌아서고, 젊은 사람들도 각기 다른 방

법으로 즐겁게 잘 산다. 한때는 내가 최고 인기여서 나를 바라보는 시간을 줄이자고 운동까지 했다. 내 이름은 바보상자다.

연극은 끝나고

모두 떠나 홀로 어두움 속으로 사라지고

문을 닫는다

이천오십사 년 칠 월 이십육 일, 태어나서 아흔일곱 번째 생일날 아침,

이생의 긴 연극이 끝나고 난 뒤, 혼자서 무대에 남아 아무도 없는 객석을 바라본다. 꿈처럼 지나간 날들이 조명 꺼진 무대에 선 내게 한 줄기 빛이 되어 쏟아진다. 호조 벌의 기상이 찬란한 아침 햇살을 몰고 와 무던히도 울어 젖히던 아기, 그래서 지금도 목청이 크다. 동네 아줌마들이 코가 크다고 복코라고 했고 어디 가도 굶어 죽지는 않겠다고 늘 말해 주어서 그 힘으로 지금까지 잘 살아오고 있다.

삼십 년 전에 늘 생각하고 마음먹었던 다짐 "두껍아! 두껍아! 헌 집 줄게 세평만 다오"는 실천으로 이루었다. 평범하며 무탈하게, 평안하고 강건하게, 평강하게

평화의 도구로 살 수 있게 기도한다. 세 개의 감을 다오! 감사하자, 감동하자, 감탄하자를 외쳤다. 그리고 삼단을 목청 깊숙이 울리며 내 마음 힘들고 고통스러울 때 가슴에 굳은살로 변해 갈 때 당당하게, 단단하게 살아내자! 단순하게 살자! 단아하게 살아보자! 약간의 목 디스크와 무릎관절이 있어서 불편해도 앞으로 삼십 년만 잘 쓰자 했는데 잘 버티는 자가 이기는 것이라고 불편하지만 잘 견디어 왔다.

눈은 스르르 감기고 옆에 누가 있어도, 누군가 나를 부르는 세미한 음성에 나는 간다. "여보게! 태어날 때는 혼자 울어도 갈 때는 아쉬움에 많은 이들이 울어야 한다고 하오. 아무것 없어도 함께 오십여 년을 곁에서 잔소리, 쓴소리를 하여도 당신이 있어 절제할 수 있어 이만큼 살아올 수 있었소. 내 친구들은 벌써 가고 나만 혼자 이렇게 세상을 지키고 있다오" 경주 화산에서 올라와 참 열심히도 살았는데 혼자가 아닌 둘이 함께 했으면 좋았을 것을 조금은 아쉬운 반려자였다.

보미를 처음 보았을 때, 머리가 길고 자그마해서 긴장했는데 장사하는 엄마 아빠를 두고 할머니 곁에서 대장부처럼 씩씩하게 유아원을 삼 년이나 다니면서 성장해 결혼해서 멋진 손자를 안겨주어서 손자와 함께하는 행복한 추억을 만들어 주었다. 그래도 아빠로서 딸을 바라보면 늘 애처롭고 걱정하지만 가족이 잘 살아주는 것 같아 다행이라고 생각한다. 딸에게 잘 사는 게 효도하는 것이라고도 말해 주었다. 보미야, 혼자 계신 시어머니 모시고 열심히 잘 사는 것 같아 고맙다.

보라가 태어날 때는 참 예뻤다. 그런데 백일부터 폐렴으로 입원하여 엄마의 극성으로 병원에 오래 있었다. 병원에서 잘 견디어 내고 잘 커 주었던 우리 둘째 딸이다. 혼자서도 어려움을 잘 극복하는 작은딸은 신랑을 만나 알콩달콩 아들 낳고 딸 낳고 잘살아주어서 고맙다. 사람들의 눈 건강을 위해 안경사로 주어진 일에 최선을 다하는 모습도 참으로 고맙다.

연극이 끝나고 난 뒤 객석에 홀로 앉아 박수 소리도 환호성도 분주히 돌아가던 시간도 이젠 다 멈춘 채, 무대 위에 고요가 발밑에 내리면 모두 떠나 홀로 어두움 속으로 사라지고 문을 닫는다.

"나는 선한 싸움을 싸우고 나의 달려갈 길을 마치고 믿음을 지켰으니 이제 후로는 나를 위하여 의의 면류관이 예비 되었으므로 주 곧 의로우신 재판장이 그 날에 내게 주실 것이며 내게만 아니라 주의 나타나심을 사모하는 모든 자에게 도니라"(딤후4:7~8)